# Le Joueur d'échecs

FichesdeLecture.com

# *Le Joueur d'échecs* (Fiche de lecture)

## I. INTRODUCTION

*Le Joueur d'échecs* est une nouvelle écrite par Stefan Zweig, exilé volontaire au Brésil suite à la montée du nazisme en Europe.

La nouvelle paraît pour la première fois à Stockholm, en 1943.

L'écrivain s'est suicidé avec sa femme, après des années de désespoir liées à la situation politique en Europe, symbole atroce de la négation de la condition humaine à ses yeux.

## II. RÉSUMÉ DE LA NOUVELLE

Cette nouvelle de Zweig a une structure particulière, malgré sa relative brièveté : un récit que l'on pourrait qualifier de « principal » en constitue la colonne vertébrale, tandis que deux autres histoires viennent s'y insérer, assorties d'une courte digression sur le jeu d'échecs.

L'œuvre s'ouvre alors qu'un bateau relie New York à Buenos Aires. Le narrateur de l'histoire rencontre le champion du monde du jeu d'échecs, un homme appelé Mirko Czentovic. Bien que ce dernier soit un génie des échecs, c'est un individu médiocre, impoli et souvent stupide.

Sur le paquebot est également présent un certain Dr. B. Il dit ne pas avoir joué aux échecs depuis deux décennies, mais il parvient tout de même à créer la surprise lors d'une partie inattendue. Le narrateur se pose alors de nombreuses questions sur cet homme. Il apprend qu'au-delà du jeu, le Dr B. a été pris par l'univers terrible de la seconde guerre mondiale, de la torture, des interrogatoires de la Gestapo et d'une oppression atroce en emprisonnement. Les échecs ne sont donc pas qu'un jeu pour lui : ils ont été un refuge. Le Dr B. raconte alors comment il a réussi à survivre : alors que la Gestapo l'avait emprisonné et tentait de le pousser à bout jour après jour, il a appris à jouer aux échecs dans sa cellule, sans jeu, c'est-à-dire sans échiquier, mais grâce à un manuel d'échecs dont il a tout appris par cœur. En s'imprégnant de toutes les parties, il a développé des stratégies véritablement complexes.

Mais le développement de ces capacités ont eu un prix, comme il le raconte au narrateur : à force de jouer contre lui-même et de se plonger dans les 150 parties qui constituaient le manuel, le Dr. B a vu sa personnalité se dédoubler au point de quasiment sombrer dans la folie.

À sa libération, il s'est donc juré de ne pas rejouer aux échecs. Mais la rencontre avec Czentovic, sur le paquebot, vient donc de changer le cours de son destin. Le Dr B retrouve une addiction à la victoire et sa névrose refait surface.

Il repart donc brisé de nouveau, son esprit s'étant reperdu dans les méandres du jeu.

# III. PRÉSENTATION DES PERSONNAGES PRINCIPAUX

## Le narrateur

Nous ne savons pas exactement qui est le narrateur de la nouvelle. En effet, au-delà de l'utilisation de la première personne, peu d'éléments nous sont fournis sur son identité. Pourquoi est-il à bord, et qui est-il vraiment ? Nous ne l'apprendrons pas. Il a en tout cas une grande curiosité pour la psychologie des joueurs qu'il rencontre sur le bateau.

Il va donc donner libre cours à son étude de la monomanie en discutant et en les observant. Quelque part, c'est donc lui qui mène le jeu et la nouvelle, à l'image d'une partie d'échecs dont l'ampleur dépasse celles jouées ou racontées par les personnages.

Le narrateur est aussi le confident de Czentovic et du Dr B. Cela lui permet de dépasser la place de spectateur pour être partie prenante du récit. D'ailleurs, il interviendra à la fin de la nouvelle pour empêcher le Dr. B de persister dans le jeu.

# Mirko Czentovic

Czentovic est champion du monde d'échecs. Mais ce don n'empêche rien au fait qu'il soit dépeint comme un homme méprisable, mal habillé et dépourvu de raffinement, grotesque, presque stupide.

Il est originaire des régions du Danube. Froid et plutôt malpoli, il est le fils d'un batelier et a été élevé par un curé de village jusqu'à l'âge de douze ans. Czentovic est quasiment illettré et ne prête pas attention à son environnement.

Le narrateur va jusqu'à émettre l'hypothèse selon laquelle Czentovic serait entré dans les échecs et y aurait réussi par accident. Mais malgré ses capacités humaines et intellectuelles réduites, lorsqu'il joue, Mirko est très doué : son geste et sa tactique sont sûrs, il est très logique, stratégique et ne lâche pas prise, quitte à privilégier la lenteur dans ses coups.

Au-delà de quelques détails physiques (en particulier son mauvais goût en matière de costumes), Czentovic est cynique, cupide et malhonnête, ce qui n'aide en rien à se montrer poli envers les autres. C'est donc un personnage paradoxal et curieux, qui ne suscite pas la sympathie.

## Dr B.

Le Dr B. est l'un des passagers les plus proches du narrateur. Il lui raconte d'ailleurs toute son histoire. Au contraire de Czentovic, c'est un homme poli et courtois. Pourtant, il est marqué par des restes de névrose (qui grandiront de nouveau) et une fatigue tenace qui accentue son physique terne et vieilli.

Mentalement, le Dr B. est un homme courageux et tenace ; mais il a une faille, et non des moindres : son obsession pour les échecs. Comme il le raconte lui-même, il a été longtemps prisonnier des nazis, et physiquement comme mentalement, usé au point de se jeter à corps (à esprit ?) perdu dans les échecs, en apprenant les parties et les stratégies les plus complexes dans un livre, sans aucun échiquier à sa disposition. Cela l'a à la fois sauvé et plongé dans la folie.

Notons que si sa névrose prend une grande place dans la narration, elle ne nous apprend rien sur l'identité complète du Dr. B. Que signifie l'initiale de son nom ? Que cache son anonymat ? La Gestapo le poursuit-elle ? Nous apprenons au moins qu'il est issu d'une famille aisée de Vienne. Par la suite, il a été victime du nazisme, enfermé dans une chambre-cellule totalement vide, ce qui est une forme particulière de torture psychologique. Seul, isolé et dépourvu de toute occupation, c'est un manuel dérobé à la vue de ses oppresseurs qui va lui permettre de s'échapper psychologiquement.

## Mac Connor

Riche ingénieur écossais, il a construit sa fortune dans le domaine du pétrole. Cela l'a enrichi, certes, mais l'a aussi transformé en quelqu'un qui estime que tout peut s'acheter.

Il va même jusqu'à payer 250 dollars pour que le Dr joue contre Czentovic à sa place, car il est déterminé à ne pas subir personnellement une défaite.

Si en apparence, Mac Connor pourrait apparaître comme un personnage secondaire et de peu d'importance dans l'œuvre, ce n'est en réalité pas le cas : il est l'élément déclencheur du retour à la névrose du Dr. B, puisqu'il le pousse à jouer contre le champion du monde à sa place pour se venger d'avoir perdu (son orgueil n'a pas de limites).

D'un point de vue physique, Mac Connor est un homme assez imposant, large, trapu.

# IV. AXES DE LECTURE

## Différents types de joueurs d'échecs

Stefan Zweig avait un goût certain pour les échecs. Étudiant déjà, il y jouait des heures plutôt que d'aller en cours.

Dans sa nouvelle, l'écrivain développe plusieurs profils de joueurs :

- Czentovic joue en tant que professionnel (très doué), d'autant qu'il ne sait rien faire d'autre.
- Le Dr.B joue par monomanie et obsession : les échecs l'ont sauvé mais sont devenus sa raison de vivre et sa folie.
- Le narrateur ne joue pas très bien mais il joue pour le plaisir.
- Mac Connor joue uniquement pour gagner.

## Le jeu d'échecs

Quelques pages de la nouvelle constituent une digression sur ce jeu qui passionnait tant l'écrivain. Zweig revient sur ce jeu à travers la vision du narrateur : les échecs sont un espace de jeu où seule l'intelligence prime, une forme d'intelligence particulière « qui ne mène à rien » car elle est limitée à un espace « géométrique fixe », mais dont les combinaisons sont « illimitées ». C'est là la grandeur d'un jeu universel qui « appartient à tous les peuples et à tous les temps » (même si nous pouvons rappeler que les déplacements varient dans certains pays, en Asie notamment).

Toutefois, et on le voit aux capacités limitées du champion du monde d'échecs, cette intelligence peut se réduire à celle du jeu. Il est bien cet « ignorant » qui parvient à développer sa maîtrise en raison d'un « don spécial ». Pourtant, il est intellectuellement limité. D'une autre manière, le Dr B. apprend par cœur des parties, ce qui le rend extrêmement fort sur un échiquier ou mentalement.

## Une passion destructrice : approche de la monomanie

Si les échecs apparaissent comme une passion véritable pour les personnages et pour l'auteur, ils sont aussi un jeu qui conduit à la folie, à la névrose, à l'obsession. Le Dr. B est à cet égard le plus représentatif de cette tendance.

Le narrateur est fasciné par la monomanie des personnages. Il les interroge du mieux qu'il peut pour obtenir d'eux la description de ce passage à la folie obsessionnelle.

Cette dimension peut être reliée à celle de la fuite : déjà, nous nous trouvons sur un paquebot en route pour l'Argentine. Quelque part, ce voyage spatial est aussi un voyage de fuite mentale, à l'image de ce Dr. B qui semble vouloir échapper aux nazis et à son passé.

## L'arrière-plan politique de l'œuvre

La vie personnelle de Zweig a beaucoup influencé cette nouvelle. À l'époque du *Joueur d'échecs*, l'écrivain s'est volontairement exilé au Brésil, d'où il suit avec beaucoup d'inquiétude ce qu'il se passe en Europe alors que le nazisme monte.

Cela explique notamment la prégnance, en arrière-plan, de l'histoire du XXe siècle. Ainsi, la Gestapo, Hitler et les SS sont évoqués à travers le récit du Docteur B.

Ce personnage permet de revenir sur les méthodes du national-socialisme, la violence tant physique que mentale dont ils peuvent faire usage, les déchirements politiques...

Dans ce livre, Zweig met surtout en avant la torture mentale, à partir de cet homme isolé dans sa chambre au point de sombrer dans la folie des échecs. L'imposition du néant fait partie d'une pression psychologique intense.

Cette nouvelle est donc indissociable de son contexte de conception.

# Dans la même collection en numérique

*Les Misérables*

*Le messager d'Athènes*

*Candide*

*L'Etranger*

*Rhinocéros*

*Antigone*

*Le père Goriot*

*La Peste*

*Balzac et la petite tailleuse chinoise*

*Le Roi Arthur*

*L'Avare*

*Pierre et Jean*

*L'Homme qui a séduit le soleil*

*Alcools*

*L'Affaire Caïus*

*La gloire de mon père*

*L'Ordinatueur*

*Le médecin malgré lui*

*La rivière à l'envers - Tomek*

*Le Journal d'Anne Frank*

*Le monde perdu*

*Le royaume de Kensuké*

*Un Sac De Billes*

*Baby-sitter blues*

*Le fantôme de maître Guillemin*

*Trois contes*

*Kamo, l'agence Babel*

*Le Garçon en pyjama rayé*

*Les Contemplations*

Escadrille 80

Inconnu à cette adresse

La controverse de Valladolid

Les Vilains petits canards

Une partie de campagne

Cahier d'un retour au pays natal

Dora Bruder

L'Enfant et la rivière

Moderato Cantabile

Alice au pays des merveilles

Le faucon déniché

Une vie

Chronique des Indiens Guayaki

Je voudrais que quelqu'un m'attende quelque part

La nuit de Valognes

Œdipe

Disparition Programmée

Education européenne

L'auberge rouge

L'Illiade

Le voyage de Monsieur Perrichon

Lucrèce Borgia

Paul et Virginie

Ursule Mirouët

Discours sur les fondements de l'inégalité

L'adversaire

La petite Fadette

La prochaine fois

Le blé en herbe

Le Mystère de la Chambre Jaune

Les Hauts des Hurlevent

Les perses

Mondo et autres histoires

Vingt mille lieues sous les mers

99 francs

Arria Marcella

Chante Luna

*Emile, ou de l'éducation*

*Histoires extraordinaires*

*L'homme invisible*

*La bibliothécaire*

*La cicatrice*

*La croix des pauvres*

*La fille du capitaine*

*Le Crime de l'Orient-Express*

*Le Faucon malté*

*Le hussard sur le toit*

*Le Livre dont vous êtes la victime*

*Les cinq écus de Bretagne*

*No pasarán, le jeu*

*Quand j'avais cinq ans je m'ai tué*

*Si tu veux être mon amie*

*Tristan et Iseult*

*Une bouteille dans la mer de Gaza*

*Cent ans de solitude*

*Contes à l'envers*

*Contes et nouvelles en vers*

*Dalva*

*Jean de Florette*

*L'homme qui voulait être heureux*

*L'île mystérieuse*

*La Dame aux camélias*

*La petite sirène*

*La planète des singes*

*La Religieuse*

*1984 A l'Ouest rien de nouveau*

*Aliocha*

*Andromaque*

*Au bonheur des dames*

*Bel ami*

*Bérénice*

*Caligula*

*Cannibale*

*Carmen*

Chronique d'une mort annoncée

Contes des frères Grimm

Cyrano de Bergerac

Des souris et des hommes

Deux ans de vacances

Dom Juan

Electre

En attendant Godot

Enfance

Eugénie Grandet

Fahrenheit 451

Fin de partie

Frankenstein

Gargantua

Germinal

Hamlet

Horace

Huis Clos

Jacques le fataliste

Jane Eyre

Knock

L'homme qui rit

La Bête humaine

La Cantatrice Chauve

La chartreuse de Parme

La cousine Bette

La Curée

La Farce de Maitre Pathelin

La ferme des animaux

La guerre de Troie n'aura pas lieu

La leçon

La Machine Infernale

La métamorphose

La mort du roi Tsongor

La nuit des temps

La nuit du renard

La Parure

*La peau de chagrin*
*La Petite Fille de Monsieur Linh*
*La Photo qui tue*
*La Plage d'Ostende*
*La princesse de Clèves*
*La promesse de l'aube*
*La Vénus d'Ille*
*La vie devant soi*
*L'alchimiste*
*L'Amant*
*L'Ami retrouvé*
*L'appel de la forêt*
*L'assassin habite au 21*
*L'assommoir*
*L'attentat*
*L'attrape-coeurs*
*Le Bal*
*Le Barbier de Séville*
*Le Bourgeois Gentilhomme*
*Le Capitaine Fracasse*
*Le chat noir*
*Le chien des Baskerville*
*Le Cid*
*Le Colonel Chabert*
*Le Comte de Monte-Cristo*
*Le dernier jour d'un condamné*
*Le diable au corps*
*Le Grand Meaulnes*
*Le Grand Troupeau*
*Le Horla*
*Le jeu de l'amour et du hasard*
*Le Joueur d'échecs*
*Le Lion*
*Le liseur*
*Le malade imaginaire*
*Le Mariage de Figaro*
*Le meilleur des mondes*

*Le Monde comme il va*

*Le Parfum*

*Le Passeur*

*Le Petit Prince*

*Le pianiste*

*Le Prince*

*Le Roman de la momie*

*Le Roman de Renart*

*Le Rouge et le Noir*

*Le Soleil des Scortas*

*Le Tartuffe*

*Le vieux qui lisait des romans d'amour*

*L'Ecole des Femmes*

*L'Ecume Des Jours*

*Les Bonnes*

*Les Caprices de Marianne*

*Les cerfs-volants de Kaboul*

*Les contes de la Bécasse*

*Les dix petits nègres*

*Les femmes savantes*

*Les fourberies de Scapin*

*Les Justes*

*Les Lettres Persanes*

*Les liaisons dangereuses*

*Les Métamorphoses*

*Les Mouches*

*Les Trois mousquetaires*

*L'étrange cas du Dr Jekyll et de Mr Hyde*

*L'Ile Au Trésor*

*L'île des esclaves*

*L'illusion comique*

*L'Ingénu*

*L'Odyssée*

*L'Ombre du vent*

*Lorenzaccio*

*Madame Bovary*

*Manon Lescaut*

*Micromégas*

*Mon ami Frédéric*

*Mon bel oranger*

*Nana*

*Ne tirez pas sur l'oiseau moqueur*

*Notre-Dame de Paris*

*Oliver twist*

*On ne badine pas avec l'amour*

*Oscar et la dame rose*

*Pantagruel*

*Le Misanthrope*

*Perceval ou le conte du Graal*

*Phèdre*

*Ravage*

*Roméo et Juliette*

*Ruy Blas*

*Sa Majesté des Mouches*

*Si c'est un homme*

*Stupeur et tremblements*

*Supplément au voyage de Bougainville*

*Tanguy*

*Thérèse Desqueyroux*

*Thérèse Raquin*

*Ubu Roi*

*Un Barrage contre le Pacifique*

*Un long dimanche de fiançailles*

*Un secret*

*Vendredi ou la vie sauvage*

*Vipère au poing*

*Voyage au bout de la nuit*

*Voyage au centre de la terre*

*Yvain ou le Chevalier au lion*

*Zadig*

# À propos de la collection

La série FichesdeLecture.com offre des contenus éducatifs aux étudiants et aux professeurs tels que : des résumés, des analyses littéraires, des questionnaires et des commentaires sur la littérature moderne et classique. Nos documents sont prévus comme des compléments à la lecture des oeuvres originales et aide les étudiants à comprendre la littérature.

Fondé en 2001, notre site FichesdeLectures.com s'est développé très rapidement et propose désormais plus de 2500 documents directement téléchargeables en ligne, devenant ainsi le premier site d'analyses littéraires en ligne de langue française.

FichesdeLecture est partenaire du Ministère de l'Education du Luxembourg depuis 2009.

Plus d'informations sur www.fichesdelecture.com

© FichesDeLecture.com
Tous droits réservés
www.fichesdelecture.com

ISBN: 978-2-511-02852-0

Notes :